# 羊壶笙香

钟文书 / 著

中国华侨出版社
·北京·

## 图书在版编目（CIP）数据

半壶笙香 / 钟文书著. -- 北京：中国华侨出版社，2021.1

ISBN 978-7-5113-8274-0

Ⅰ.①半… Ⅱ.①钟… Ⅲ.①散文集－中国－当代 Ⅳ.①I267

中国版本图书馆CIP数据核字(2020)第141470号

## 半壶笙香

著　　者 / 钟文书
责任编辑 / 高文喆
封面设计 / 龙承文化 Longcheng wenhua
经　　销 / 新华书店
开　　本 / 880毫米×1230毫米　1/32　印张/7　字数/160千字
印　　刷 / 北京军迪印刷有限责任公司
版　　次 / 2021年1月第1版　2021年1月第1次印刷
书　　号 / ISBN 978-7-5113-8274-0
定　　价 / 40.00元

中国华侨出版社　北京市朝阳区西坝河东里77号楼底商5号　邮编：1000
法律顾问：陈鹰律师事务所
发行部：（010）64443051　传　真：（010）64439708
网　　址 / www.oveaschin.com　E-mail / oveaschin@sina.com

如发现印装质量问题，影响阅读，请与印刷厂联系调换。

# 做人民的诗人

钟文书贤弟诗集《半壶笙香》即将付梓，请愚兄为其作序，实则让我感到汗颜，因为我喜欢诗但不长于诗，即便我的打油诗都常遭松果痛批，自然心有余悸而不安。后来一想，万事归宗，法乎其律，遂鼓足勇气答应了下来。写序绝不能空发议论，因而我认真拜读了书稿，并反复推敲文质，不觉感到兴奋，因为贤弟的诗作让我学到不少东西，尤其他为劳动人民而歌唱的精神使我倍受启发。客观地讲，评价好诗与坏诗的标准很多，仁者见仁智者见智，无法用任何一条来加以评判，因为取法于东必遭谴于西。但是，好诗是有其绝对标准的。我想，那就是为人民而作的诗便是好诗。

为何这么说呢？我也读过不少现代诗人的作品，他们的有些诗作缺乏文书贤弟作品里的精气神。贤弟的作品感情饱满而真挚。用《毛诗·大序》上所讲：情动于中而形于言。好诗，理应不缺少如此重要的质素，否则便无法让人兴发感动。你看看贤弟的《一只蚂蚁》：我和一只蚂蚁相遇/它身材瘦小/扛着米粒/在寒风里穿行/渐暗的暮色/阻碍着它细小的步履/它佝偻着腰/走得很慢很慢/却步履坚定/想起奶奶/也是这样行走/翻山越岭/挑着一扁担白花花的大米/从家乡行走几十里/来看父亲。我读后有点泪眼朦胧，因为它使我产生了共情，不自觉地想到了疼爱我的奶奶，那个特别辛劳而又毫无怨言的奶奶。

贤弟的作品意境高远且富有哲思，它不仅能让你看到一幅优美的图画，同时还能馈赠于你宝贵的精神财富。你读读《定义》：一群白蚁/天生是艺术家/有把锋利的刻刀/我们都以卖艺为生/可定义很简单/我在猎杀的象牙上雕琢/众人称我为大师/你在万物上小心篆刻/便是害虫。只有诗人的逻辑，才能简明扼要地告诉你，有些事，没有对与错，只有强与弱，这便是人类的生存法则。还有《甘蔗》：是谁说的/这片土地沉默寡言/抛这话的人/定没走近过这片庄稼/你看，出土的甘蔗/藏着多少甜蜜的话语。诗人用另一种思维，赞美了默默奉献的劳动者，其妙就妙在诗人所感的并未讲出来但读者却能领略、联想到，真正达到了"不著一字尽得风流"的境界。还有《养鸡》：养鸡不是件容易的事/你要有爱/还要善于察言观色/有哺育的技巧/母亲说，仅此不够/如果你要养鸡/还要有一颗铁石心肠/对生老病死前的任意谋杀/能无动于衷/举箸时若无其事。这首小诗，它使我想到了中义理论，再次明证了万物守恒的道理。

贤弟的作品是在为劳动人民而歌唱。一个伟大的诗人，不是其辞藻多么华丽，韵仄多么秀美，而是其作品本位的选择，因为诗的重要功能是历史地记录人民的生活。贤弟的《大鹏古城》：夜里的大鹏古城/没有算命先生，齐天大圣和拨浪鼓/那把絮絮叨叨的吉他/已然酣睡……不远处的两名工人/正努力帮昏昏欲睡的老旧城门/阖上几千年的眼。再读读《听》：……我听见清洁工/凌晨六点把扫帚吼醒/开工/老婆则听见扫帚/扯开了嗓子/和一条窗后肮脏的巷子/在骂街/侄女对我说/扫帚是在大街上/抑扬顿挫朗诵/侄女的耳朵怎么那么柔软/可以听见那么多/好听的声音。你读后的感受是什么呢？我想，你能够看到劳动人民在文书贤弟心中的地位有多高，这才是伟大诗人诞生的必要条件。

诚然，贤弟也常常以诗言志，表达自我对人生的态度，包括对世界的看法。你读读《高压锅》：还是把那些梦想/炖了吧/容易咀嚼/也更易消化/不用再去担心/会噎着明天/或者伤了生活的胃。这首诗，没有生活阅历的人，他是读不懂的，因为这是生活沉淀的礼物，自然拥有历久弥新的价值。还有《壁画》：我愿意当猪、当羊/或者当牛/可我不愿当画/猪羊牛宰杀时可以哀嚎/可以叫出声来/可以流着泪/我害怕是挂/室内墙上/那株牡丹/它看见阳光、看见四季/够不着，痛苦/还要装作无动于衷/是真的/我不是那种能够/假装沉默的人。它温柔地表达了作者对关注权等的关切与重视。其实，它也是人类发展的必然规律，因为人是崇尚自由和美的。再者，《功名不如几片桃花》：摘几片桃花/换一壶浊酒醉尘事/剑隐裳，锋芒藏/斗笠离喧哗，步履忘天涯/清茶蚀鞘亦为侠……折笙香，品琴瑟/不添怨情，不慕盛名/此生多潇洒/随它黄沙卷，随它马嘶鸣/功名不如几片桃花。其又在用豁达的胸襟超然于世，因为他深知现实，唯有如此，才能笑着生活。

总而言之，贤弟的诗，不仅唯美，而且深邃，既歌颂了劳动者，也抨击了跋扈者；既赞美了社会进步，又明示了升华方向……最后我想讲，贤弟作为人民的诗人，始终扎根于肥沃的土地，吮吸着劳动人民的智慧，用心创作出了大量掷地有声、情真意切的诗作。他的第四本诗集《半壶笙香》，共遴选了他近年来创作的150多首诗文，可以说首首精品、字字珠玑，是诗作中的佳肴，倘若你喜欢诗词的话，能让你开卷受益。

是为序！

郭子久
2020年仲夏写于金牛区知道斋

# 目 录

1 / 做人民的诗人

1 / 孩子
2 / 雪茄
3 / 回家
4 / 大鹏古城
5 / 甘蔗
6 / 一只蚂蚁
7 / 养鸡
8 / 高压锅
9 / 耕种
10 / 壁画
11 / 功名不如几片桃花
13 / 秋游
14 / 定义
15 / 圆木
16 / 伤口

17 / 听

19 / 水泥墩

20 / 日历

21 / 报复

22 / 炒作

23 / 帆船

24 / 蒲公英

25 / 日记

27 / 一只狗

29 / 选择

30 / 草稿纸

31 / 发呆

33 / 辛那湖

34 / 动·静

35 / 从前

37 / 装修

38 / 活

39 / 如果可以

41 / 看海

43 / 种子

45 / 农民

47 / 我的世界

48 / 真实

49 / 登四姑娘山

50 / 秋风

51 / 高低远近

52 / 拆

53 / 买镜子

54 / 一根芹菜

56 / 反刍

58 / 参观清华图书馆

59 / 众生平等

60 / 清蒸鱼

61 / 一场雨

62 / 烧烤摊上的羊

64 / 陶泥匠

65 / 骤雨

66 / 成长

67 / 农田

68 / 放羊的人

69 / 生命

70 / 冬景

72 / 让座

73 / 人心

74 / 发现

75 / 水蒸汽

76 / 酒话

77 / 低头族

78 / 眼镜

79 / 防盗网

80 / 偏方

81 / 你低下头

82 / 梦游

84 / 落地生根

86 / 大山

87 / 签名

88 / 五棵树镇

90 / 落日

92 / 一辆看海的自行车

94 / 蕞

95 / 碎纸机

96 / 十五

97 / 聊天

98 / 一幅画

100 / 缄默的旅者

102 / 雨中瑶寨

104 / 前夜

105 / 雨夜

106 / 阵雨

107 / 光

109 / 时光的蛇

110 / 蓄水池

112 / 夜雨

113 / 斑马线的鱼

114 / 棋局

116 / 在候机楼

118 / 过烈士墓

119 / 洗澡

120 / 落日

121 / 我知道

122 / 一粒记忆饱满的米粒

124 / 阿土的媳妇

126 / 一根银针的使命

128 / 纹身

129 / 纸质书

131 / 一杯温茶

133 / 我懂

136 / 童画

138 / 老人

140 / 枫叶

141 / 将树叶和爱情对换

142 / 老人与梦

143 / 我只是想

145 / 星光,是闪烁花朵

146 / 我不是多情

147 / 梦醒时分

148 / 相遇

149 / 蓄谋已久的时光

150 / 今夜

152 / 红枫

154 / 选择

156 / 山谷回音

158 / 感冒

160 / 读妹喜

162 / 游戏

163 / 烟花

164 / 童趣

166 / 空花盆

168 / 棋子湾

170 / 河

172 / 我会

175 / 还有什么抱怨

177 / 坏掉的水龙头

179 / 回家

181 / 分割

184 / 旅行

186 / 玛瑙

187 / 再见西藏

189 / 醉汉

191 / 日光浴

192 / 酒

194 / 汽水

195 / 走在路上

197 / 雨天

198 / 文身

200 / 生活

201 / 开往三清山的列车

203 / 寒梅

205 / 倒影

206 / 待你长发及腰

208 / 皋月黄山


209 / 后记

# 孩 子

在遇见你前
我们是移动的乔木
在时间里行走
四季不分，宠辱不惊
要春天做什么？

遇见你之后
你稚嫩的咿呀
我们便不分节气地
笑开了花，不分四季
要春天做什么？

## 雪 茄

所有烟碟
都只为迎合您到来

所有烟灰
都只对您投身叩拜

是的
只要您点头

# 回 家

在我们诞生后
影子就开始陪伴
从未离开

他的故乡
应该很远很远
可翅膀太轻,我们太沉
束缚着飞翔

于是很多人把自己埋了
就为了
放影子回家

## 大鹏古城

夜里的大鹏古城
没有算命先生、齐天大圣和拨浪鼓
那把絮絮叨叨的吉他
已然酣睡

所有脚步的仆人
木屐的、高跟的、平底的
都随主子离去
影子在一处石阶上生根

不远处的两名工人
正努力帮昏昏欲睡的老旧城门
阖上几千年的眼

# 甘 蔗

是谁说的
这片土地沉默寡言

抛这话的人
定没走近过这片庄稼

你看，出土的甘蔗
藏着多少甜蜜的话语

## 一只蚂蚁

我和一只蚂蚁相遇
它身材瘦小
扛着米粒
在寒风里穿行

渐暗的暮色
阻碍着它细小的步履
它佝偻着腰
走得很慢很慢
却步履坚定

想起奶奶
也是这样行走
翻山越岭
挑着一扁担白花花的大米
从家乡行走几十里
来看父亲

# 养 鸡

养鸡不是件容易的事
你要有爱
还要善于察言观色
有哺育的技巧

母亲说，仅此不够
如果你要养鸡
还要有一颗铁石心肠
对生老病死前的任意谋杀
能无动于衷
举箸时若无其事

## 高压锅

还是把那些梦想
炖了吧

容易咀嚼
也更易消化

不用再去担心
会噎着明天
或者伤了生活的胃

## 耕　种

你习惯在春天
把一面土翻过来
埋了

你表情肃穆
不像播种

像给那面土
立下待长出的绿碑

## 壁 画

我愿意当猪、当羊
或者当牛
可我不愿当画

猪羊牛宰杀时可以哀嚎
可以叫出声来
可以流着泪

我害怕挂在室内墙上的
那株牡丹
它看见阳光、看见四季
够不着，痛苦
还要装作无动于衷

是真的
我不是那种能够
假装沉默的人

# 功名不如几片桃花

摘几片桃花
换一壶浊酒醉尘事
剑隐裳,锋芒藏
斗笠离喧哗,步履忘天涯
清茶蚀鞘亦为侠

乘扁舟,听风吟
泛波逐流
晨鼓为伴,霞露为友
看尽一路空山飞花
何必引江湖生杀

看它琅琊榜叠
任它刀光剑影
问天下英雄,谁能似我
散发笑揽山河日月
碗底见天涯

折笙香,品琴瑟

不添怨情,不慕盛名

此生多潇洒

随它黄沙卷,随它马嘶鸣

功名不如几片桃花

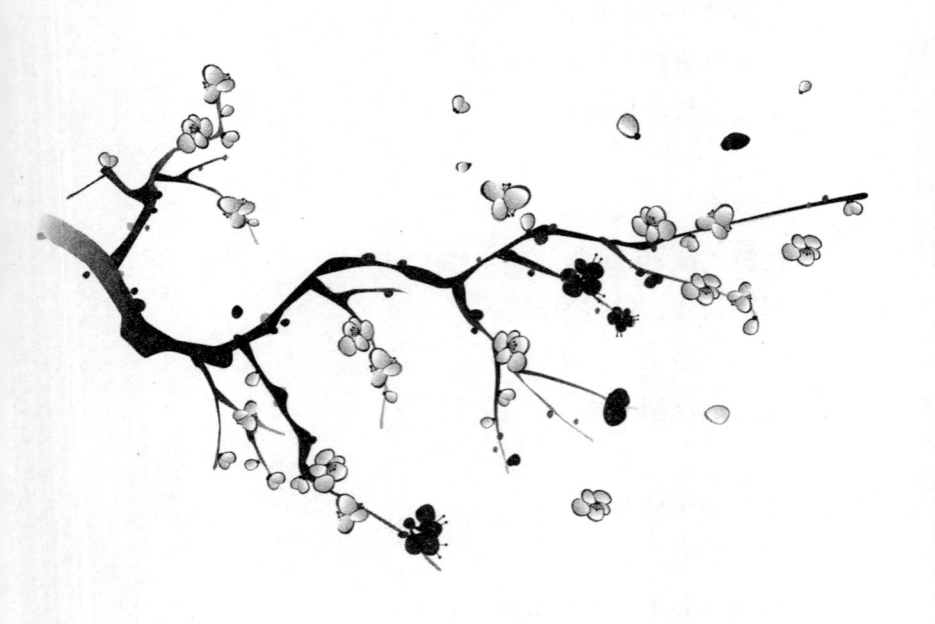

## 秋　游

在这个秋天
两只脚是把剪子
走过一垄稻田
就收割了一茬粮食

我在秋天暴富
眼睛的粮仓此刻
囤满了金黄

## 定 义

一群白蚁
天生是艺术家
有把锋利的刻刀
我们都以卖艺为生

可定义很简单
我在猎杀的象牙上雕琢
众人称我为大师
你在万物上小心篆刻
便是害虫

# 圆 木

你的戾气
锋芒毕露半生
没鞘
敛不住向天的锋芒

一根圆木
从种子开始
郁郁葱葱满是慧根
劝枯叶坦然面对往生
劝一朵花放下妄念和虚无

在圆寂前
劝好胜的蝉静谧
劝一把戎马半生的柴刀向善

# 伤　口

我用创可贴
蒙上右腿睁开的眼
红色眼珠，充斥着嗔痴

这个世界
还是眼不见为净

# 听

每个人的耳朵
都与众不同
侄女的耳朵最柔软

周三清早
我听见清洁工
凌晨六点把扫帚吼醒
开工

老婆则听见扫帚
扯开了嗓子
和一条窗后肮脏的巷子
在骂街

侄女对我说
扫帚是在大街上
抑扬顿挫地朗诵

侄女的耳朵怎么那么柔软
可以听见那么多
好听的声音

## 水泥墩

梧桐山上
有很多的水泥
长成树墩

这是多崇拜一棵树
才隐藏自己
连年轮都模仿

很多人来世上一遭
也忘了自己
成了别人的模样

# 日　历

谁说日子没有声音
静静诞生
又悄悄死去

你扯去一天日历
有嘶啦一声
那份疼痛
会让你想起纱布下的伤口
被愈合前最后的反抗

# 报　复

你竟敢
在我夜里失眠

那就别怪我
在你白昼的世界里
黑了眼眶

## 炒　作

一只蝉
找到了成功的捷径
出生便路人皆知

那些鼓噪的吆喝
夏天里
总是屡试不爽

## 帆　船

乘风破浪就勇敢？
扬帆起航就有方向？

别逗了！
本性早就已经决定
只会见风使舵

## 蒲公英

不是说好要用一辈子
跟风私奔么?

怎么就
嫁给拼了命想逃离的
土地

# 日 记

那么多年
寂静的夜
和喧哗的白昼
都是肥沃的土壤

手指的犁
不停地翻来覆去
在纸上三分地
种下，抑或只是掘起

一些文字
在阡陌上发芽、开花
没有寒来暑往
各安天命

那么多年
没有高中状元

你一直愧对那支迎娶过门
却没给过她名分
贤惠持家、任劳任怨的笔

印面：且随缘
作者：子　秋

# 一只狗

一只狗
远远就盯着我看
没有摇头
也没有摆尾

昨天的白石洲
一只狗在转角一动不动
瞪大的眼睛望着我
没有死角

我放慢脚步走近
看见一个狗头挂着
身躯躺在砧板上无法动弹
睫毛上有一滴眼泪
尾巴指向我

我慌忙低头

还是被店家一句"狗肉否"
狠狠咬了一口
至今生疼

# 选 择

一溪的水
从我儿时开始
就从山顶朝向海洋
奔跑不息
干涸前拼尽全力

看啊，那滴雨点
附在朵乌云上
今天就抵达了目的

同样是水
选择是多么重要

## 草稿纸

一只豹子
潜伏在一沓纸中间
不露声色蛰伏

出击前
一袭白色伪装
没人看见它的敏捷
和身上墨色花纹

它会倏然跃起
咬住几个字
以及一个纸篓的七寸
不松口

像很多人在等待
咬住一个人的名字
和一个家

# 发 呆

绿丛中，几只蝴蝶
舞动着翅膀
一朵接一朵的云
就开出了花

我听见阳光行走的声音
从天上
顺着白色缝隙
踱步，缓慢慵懒

一株墨色的橡树
距离那么近
在阵风起过后
对我指尖的轻触
欲言又止

整个下午

一块画布躺在草地上
什么都不做
目光空洞得跟我一样发呆

印面：随喜人生
作者：子秋

# 辛那湖

辛那湖
出生在块洼地
住着许多翠鸟和芦苇
哺育给渔夫吃的每条鱼
每条，都有刺

一幢高楼
是入侵的物种
昼夜之间拔地而起
被吃光的辛那湖
每滴，都无骨

## 动·静

两个孩子的声音
比喇叭还管用
只一声奶气的"妈妈"
路人都回头

两个中年男人的寂静
比语言管用
寡然无味的一壶茶
时光泡浓

# 从 前

从前没有冰箱
奶奶把红砖和鱼干
跟我童年的馋
悬挂在老屋中间

瓦房上那只老猫
会飞檐走壁
目光如炬
鼠辈不敢在大街上
那么衣着光鲜

燕子能在屋里安家乐业
不会流离失所
左右邻居劁头猪
都分享温饱

从前的屋顶

都开着瓦片的叶
每片落叶都不会担心
有扫帚来驱赶

从前褐色的红糖是真甜啊
只舔了一小口
就甜到中年

# 装　修

天没亮
几枚醒来的钉子和一堵墙
开始对话

一个钉子说铛
墙壁说咚
另一个钉子说咣
墙壁说嗡
像久别重逢
声音洪亮，无所顾忌

一堵墙
和你同居一室多年
像个哑巴
背对着的身体里却住着
渴望倾述的灵魂

# 活
——敬牺牲的所有逆行者

万物能活多久
你一直在想这问题

所有的东西
都有生命
比如迎面女孩出声的笑
向棵树示爱的春风
满脸皱褶的桌椅

你总在想
活是否真意味着生
这些卑贱的草
二零一六年冬死去
二零一七年又将活过来

那个高贵的人三十五岁入土
百年后却还有人看见他

# 如果可以

如果可以
我会把今晚的雪和炉火
封存后束之高阁
我会一直惦念
却不打开

是的,只需想起
那枝桠的雾凇
那河边一只欢快的土狗
那阵赐予一对情侣白头的风
还有你们
整个夏天就都温暖

即使我有多么欣喜
也不会轻易出口
说我多爱一滴水雪白的傲慢
便如我不会说最美的情诗

原本无字

等我逐渐苍老
害怕寒冷
也要潜伏在松花江的岸边
假装不经意路过
让冰冷温柔悄落一身

而你们就只是一如那天
远远看着笑而不语
我会一直惦念
不忍靠近

## 看 海

海天一线的时候
那些鱼儿
就找到了升天的途径
一艘渔船
画下分界线警告
你们皆凡物,不得逾越

地球是爬行动物的牢笼
天上的生命
拥有特权,畅通无阻
一只隼穿入云端
又自由掠过海面

雨滴是苍穹的使者
在两界来回抚慰世人
不说我也知晓
他们俯下身来注视我们

跟我们低头察看蚂蚁一样
带着骄傲

# 种　子

你终于把母亲
复原成一粒最初的种子
还给那块土地

你说她本就是粒种子
在远嫁你父亲后选择扎根
变成棵树
为一个家枝繁叶茂
为你遮阳挡雨

你很慢很慢
在沉默里用几天把母亲
复原成一粒种子
种在上帝的手掌心

在一阵春风过后
漫山遍野

泛起慈祥和一地温柔
那牛羊是隆起山坡
不朽的碑文

你扬鞭
抽落一滴泪

# 农 民

在翻过一座山前
你把所有故事都用在了庄稼上

在车水马龙的喧哗里
一张来自土地的嘴
害怕落下一粒饱满稻穗
衔着夏天的龟裂
不肯启唇

我们应该怎样交流
我咳出一声,匆忙收场
在把所有浮夸溺毙前
紧闭牙关的牢笼

我不敢伸出手
我的手太过白净
滋生着杂草丛生的谎言

长不出丰收赏赐的老茧和骄傲

我将脚靠过去
以蚂蚁触须的方式恳请
那双吻过土地的鞋子
带着浓重的口音

# 我的世界

我的世界
异常地简单

一棵昼的树
只结个夜的果实

一个夜的果实
只长一棵昼的树

我的世界
真的很简单

梦是土壤
路过的人是农夫

# 真 实

在花圃里
真实变得奢侈

太阳花对温暖谄媚
削齐的枝桠恭迎向你
都带着修剪的诡计

你开始怀疑
自己都被一株植物圈养
在夏凉冬暖的室内

多年后的夜晚
你在藤椅上开始觉得
霓虹灯下所有的影子
都形迹可疑

## 登四姑娘山

天太冷
冬天的山蜷缩
在雾霭的被窝
头埋得很深

六点十分
我们用脚步轻叩蜿蜒山路
如母亲满村口寻找
顽劣的伢儿

一头牦牛对着垭口
大喊一声，再大喊一声
除竖起的耳朵
没有应响

是呼声太轻
还是这座山和阳光
在这秋睡得太沉

## 秋　风

秋天的风
虚胖，还臃肿
每一步都气喘吁吁

秋天的枝头
骨瘦如柴
只有两袖清风跟几根肋骨

比路人脚步沉重的
是棵树的负担

肩上的风
吃尽春天的满圃花朵
又快要喝光
那一池碧绿秋塘

## 高低远近

村里的天空
很高很远
一只鹰,要飞上一整天
穿过层峦叠嶂的风
才能归巢

城里的天空
很矮很近
一排高压线,把蓝切割成多块
让走路的人和开车的人
有各自的边界

# 拆

你
拆了一座戏台
拆了一个宗祠
拆了数百年传承
拆了英雄纪念碑
拆了八年抗战的精神

我们惊愕
我们愤怒
我们抗议
我们无能为力

我们开始被怂恿
去恨一把铁锤
和一辆敦厚的挖掘机

# 买镜子

超市里的一面镜子
是出色的猎人

悄无声息的在角落里
进行狩猎
用一成不变的姿势
蹲守了很久

你的脸庞
是最终的猎物

# 一根芹菜

（一）
你究竟是多恨
阿谀奉媚的酒宴？

一根芹菜
在很多人的嘴里
都能忍着疼痛

唯独在你的嘴里
被咬得
哭出了声。

（二）
进餐时你有很多话
都没有出口

一根耿直的芹菜

在饭桌上
忍不住发了声

他们可以无睹
但芹菜替你保留观点

印面：万物相依
作者：子秋

## 反 刍

你用四十年来观察
自己的两面
像在观摩枚硬币

太阳下
两个你在行走
一个阳光里
一个阴影中
你看见身上的明亮

深夜里
两个你在行走
一个阴影中
一个灯火里
你依然看见身上的光泽

四十年来

你不停地只做一件事
在光影间不断反刍
此生的亮度

## 参观清华图书馆

北京的藤蔓
比一群孩子更顽皮

在六月的午后
跟热烈的阳光争先恐后地
趴在图书馆的玻璃窗上

羞赧地
用各种姿势瞄窥
我的到来

## 众生平等

你说
众生平等
一滴水亦然

只不过,命运不同
有的进入茅台窖
有的进入污水池

你优雅举樽
平静地说
大道自然,众生平等

## 清蒸鱼

我用最好的淡水当酒
斟满一口锅
招待一条海里来的鱼

云游四方的它
定有很多新鲜的故事
我洗耳恭听

桌上的筷子
是我跟它交流的
两根触须

## 一场雨

颜色已经有太多了
灯箱的艳丽
五彩的霓裳
还有浓妆
在夜里都很厚重
覆盖了时光

我要感谢忽至的一场雨
洗刷街头的熙攘
和高跟鞋咄咄的尖锐
才能看清
这城市的容装

我和一场雨
同时路过去年相框里的
一条明清小巷

## 烧烤摊上的羊

一头赤裸的羊
比一群聚集的人
坦诚多了
至少沉默是真实的
不会酒后乱性
也没有胡言乱语

城市没有草原
牧羊人把羊赶上炉子
一把匕首
成为锋利的牧鞭

羊敞开胸怀
吸引着很多目光
有心的、无意的、贪婪的、虚妄的
全坦诚相对

烟雾很大
它在根挂钩上站得很高很高
像峭壁上的神秘引路人
在脚下奔波中迷失的世人
都只是个影子

## 陶泥匠

一位七叉黎寨妇女
赋予一抔褐色的泥土生命
手伸出去又收回来
指法轻柔

像极一位母亲
爱抚自己襁褓里的孩子
满满的爱意
一次又一次轻轻掠过
尽是慈爱

这些温柔
最后都被谁领回了家？

## 骤　雨

健硕的天空
把身子埋得很低，很低
就快吻上
信号灯撅起的红唇

一把柔弱的伞
怎么都无法劝慰
失意的路人

两只鞋
在雨宴里肆无忌惮地
喝得酩酊大醉

# 成 长

一开始
啼哭是喧哗的
戒尺是喧哗的
课间铃声是喧哗的
窗外麻雀是喧哗的
我是喧哗的

直至老后
炊烟是安静的
花开是安静的
爱是安静的
一抔土是安静的
我才是安静的

## 农田

一块农田挨着一块农田
哪怕裸露尸骨,也挽着手
所有谷米
早早降了秋

阳光从稻秆杆的骨骼淌出
覆一地肃穆
飞过的鸟没有嘶鸣
活着的都噤声,划清界限

一位老人在疾驰高铁上
注视着窗外的农田
像一名老兵,在冬天
走过一片
胜利后的墓场

# 放羊的人

在苍茫草原
你宁愿被圈养在栅栏里
抬起下额,安静被阳光抚摸

天空割下几垛云草
满足就被喂饱
一把比海更细腻的蓝
在口哨的咒语里吐出风声

日子是这样乖巧
皮鞭也温顺得像绵羊

## 生 命

好多麦子
都熬不到头
它们生命短暂
活不过一个深秋

可它们很干脆
跟蟋蟀恋爱
和镰刀热吻
在金黄被冰封之前
完成一次轮回

# 冬 景

从十月开始
所有的风都保持一个姿势
摇曳沉睡的树梢
有的轻柔
有的粗野
有的只是走过

所有绿色
裹在厚厚的雪绒里过冬
一道目光不例外
一颗种子不例外
一束月光也不例外

几只鸭子
在冰上紧张彩排
准备夹道迎接
云游四海的春带着锁匙

打开河

我和深冬竖起了耳朵
好奇地听
在松花江上
谁会最先唱出歌

## 让 座

很多人的眼睛长歪
跟灵魂一个方向
车窗外的那棵歪脖子树
瞬间笔直

道德在一月的深南路
死一般沉寂
公交怀上一个真的孕妇
和假装待产的我们

所有节操
像地里的庄稼
被一位农村妇女让座的春雷声
吼醒

# 人 心

光明是白色的
天生是天使
黑夜是黑暗的
注定是恶魔

在白天醒着
在黑夜怀里入睡

这人心
半生光明,半生黑暗
怎能不一半善良
一半邪恶

# 发　现

三岁，你是世界中心
十岁，你的头颅高过天空
二十岁，身躯高过山峰之巅

三十岁，抬起头
发觉日子越长越高
影子已在你之上
砂砾高不可攀

# 水蒸气

一滴水
远比条河流有上进心
从锅底一路拼搏

升起
碰壁
落下
再次升起

从未气馁
生生不息

## 酒　话

在举杯前
把昨天前的思念
都吐光
不要带着宿醉

来，我们喝今天的酒
打今天的嗝
只有两个人的味道

## 低头族

人人都在低头忏悔
无论是端坐
还是行走

手机的告解室那么小
罪人却那么多

## 眼　镜

近视多年
只看见眼前的苟且

远方
就靠你了！

印面：闲来无事
作者：子秋

## 防盗网

不能把所有恶人
关进监狱

那就把好人关起来
保护

## 偏 方

根除梦想
和根除爱情一样简单
将三钱苟且和二两白干
捣碎,以小火慢煎

佐以几粒
硬得崩牙的生活
睡前吞服

## 你低下头

每块从乡下来的草皮
你都带着
虔诚的眷恋

在城市圈养的花圃
你习惯低下头去嗅每一块土地
以跪拜的姿势
在中午，鼻尖淌着汗滴

你不紧不慢
一尺一寸丈量
去寻找
生前和死后的归宿

像家里分你的那头水牛
在阳光明媚的晌午
悠闲亲吻那片山坡上
青涩的绿地

## 梦 游

冬天，牡丹开上花布
花布是窗台的眼睑
你脚下的春风
是粒种子
寄生在刺绣间，只生不灭

灯光凝视我
哪个角度都无法避开
你经过的那些夜晚
沉默也掩盖不住

瘦些的风把黑夜的战马
就拴在窗外
侧着身子钻进来
我听见，兵器与一张纸
在木桌上交锋
一排文字以你的口吻

发号施令

握把腐锈的钥匙
我在梦里反复苏醒
一扇无锁的老旧房门
多年来
等待被叫醒

## 落地生根

在一排拥挤的文字里
世界很小
你住在两页纸中间

守着抹绿色的信念
在课本的墨香里
安静酣睡

没有电子嘶鸣
只有读书声
和榕树下那个缺口铁钟
准点的咳嗽

没有阳光和雨露
一片落地生根
也能淳朴的生根抽芽

从来没有这样奢侈

做个梦

就用去了一整个

长长的学生时代

# 大 山

成千上万头风
从大山里来

骑在羊背上慵懒
在毡房的马奶酒里醉醺
在气球里安居
在婴儿的摇篮边入睡

每一头大山来的风
都有不安的蹄
一生在流浪
只有大山的炊烟不远行

是的。不是每棵树木
都可以在大山生长
但每缕炊烟
都能幸福地老死在故乡

# 签 名

晚饭前
母亲开始追星
索取签名

从一片生菜
到一株小白菜
从屋后的自耕地
到菜市场

一只菜青虫
无论高矮胖瘦
都是母亲
追逐的明星

它们签名潦草
母亲能读懂
上面写着"远离农药"

## 五棵树镇

一只土狗
用一声急吠
就守护了整个村镇的安全
只一缕炊烟
就看住了所有人家

公鸡打个鸣
便送一个向往远方的孩子
清晰地出走了
几个年头

这个北方的村镇
很小,外出的游子
只需腾出夜里一秒钟
就能看完

心里的家乡如何
发芽、抽枝、开花
周而复始
唯独不能结果

## 落 日

你的新娘
就在山峦那角
绿色屏风后
有迎面和风
气息如兰

怎能不爱
落下的满丛花蕾
山路牵引红线
百转千折

看吧,看吧
翻过这座山丘
你的新娘
在晚霞的盖头下

在蛙鸣响起前

掀起，掀起

入夜时分

你的新娘，星眸闪亮

# 一辆看海的自行车

黄昏的黄昏
栖息人间

云彩回归土地
流淌
走向静默

一滴水
漂洋过海
为礁岩送上白沫
有声的浪花

而后
种回海洋

一辆看海的自行车
依栏凭风

看单身灯塔
看挥臂的渔船

抬头看见
你的眼在远方
遗落在整个苍穹

## 薨

一只飞蛾
奔向了烈焰

一卷胶卷
见到了阳光

一只黄雀
躺下了休息

一条鲢鱼
学会了仰泳

一朵水晶兰
开在了勇士身旁

## 碎纸机

没有什么过不去
好听的
不好听的

把闲言碎语
都捋直
一字一句掰开
细嚼慢咽

心如止水
像回味别人的故事
像一切
都远未曾发生

## 十　五

那把伐木的斧头
是有多钝
皓月下
你挥汗如雨

多年来
从不敢问异乡的你
在他乡的桂树上
能结出什么？

而我，该为你
还是为桂树
年复一年地的坚持
加油

## 聊 天

你说
我们畅所欲言
相见恨晚

可我一直在沉默
什么都没说

你语言的子弹横飞
击碎昨夜
击中很多路人
也把一本书打成筛子

真的
我一直在沉默
那些真心话
我从未压进过枪膛

## 一幅画

在水彩里
我看见了你
这场雨
降落的速度
比眨眼的动作快
比思绪还迅速

我在原地
站得时间生疼
脚已经生出了根
眉头都开始抽芽

没有带伞
我猝不及防
被一场室内画展
淋成落汤鸡

没人会去关心
在一幅阴天画作外
有个傻子的眼里
灌进了雨水

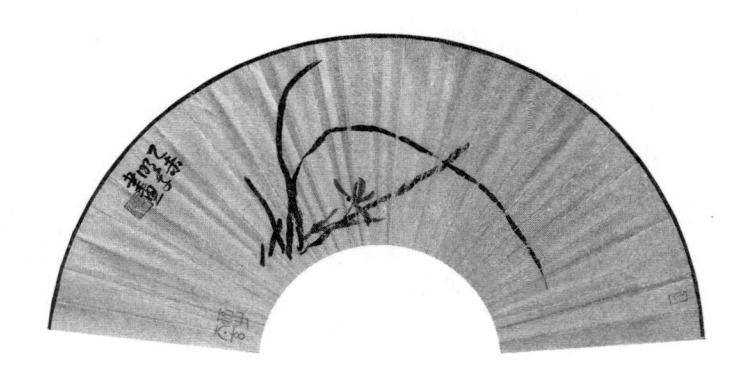

画作：写意墨兰
作者：子秋

## 缄默的旅者

黑白是两条界线
你在灯下和黑暗间行走
扑朔迷离

没人能决定什么
天明有身影的阴暗
夜晚有篝火的光亮
忽明，忽暗
盘根错节

不要妄图求证
凌晨的拾荒老人
在寻找什么
避不开的阳光和白昼
撵上了鬓头

不要去试图解开

那些困惑
黑暗是如何去吞噬
向往明亮的身躯

这闪耀城市
有人用快乐沉默
也有人用忧伤歌唱
你无从超度

用一尾鱼的足迹
穿越这座僵硬城池
浅浅地
荡起一波涟漪

不动声色
把缄默推远、推远
不留一抹沿途的风景
在记忆

## 雨中瑶寨

教我如何能不走近
你的容颜
从连城到阳江
从山丘到泥泞

教我如何能不跋涉
一路珠帘
一路蜿蜒
你洁柔面纱
遮不住似水芳华

你端坐轻鬟
若沉思的处子
我走近
我走近
蹑足，蹑足
学九月的夏蝉

不敢声语

我悄然来去
只沾一丝泥泞
只染一眼翠绿
以为，没有沉沦
不想却落下念想

我来时
你吻湿我的发梢
我离去
你泪湿我的面颊
蹑足，蹑足
一如我未曾声张

## 前 夜

酒精的腐蚀性非常强
一瓶啤酒
可以溶去半小时

小弟把五箱易拉罐塞进大桶
注满水和冰块
也没能使侵蚀性减弱

就这样
我和一圈朋友整夜的时光
全被溶解殆尽

残留物是今天醒后
一床的念想

## 雨　夜

你有黑色鬃毛
和黑色铁蹄
在斜阳沉睡后脱缰
跨过光明的马厩

在异乡窗前
我看你一路奔驰
穿过飞溅起的雨水
有人抛出道
闪电的套马索

## 阵　雨

他们躲藏很久
在云层
从晴朗到灰暗
像锐利的鸶
在天空等待猎物

雷声啼叫
闪电羽翼掠过
来自头颅正上方
紧抓着发根
用极其尖锐冰冷的爪

# 光

我希望世间有一道光
唯有一种颜色

昼夜几十里赶路的奶奶
肩膀上的月光
和，扁担下麻袋中的稻米
见我那刻的爱抚
都是这色泽

爱是这样的色彩
母亲哺乳我的乳汁
甘甜柔软
外公离开时脚下延铺的路
安详还饱满

我们需要的
仅是一种色彩的光

是的,其他光线
那些色彩斑斓
都只是误入心灵的
戾气暴徒

# 时光的蛇

那些时光
就藏匿在镜子里
我看见露出
鱼尾纹的尾巴

白色腹鳞
在黑发上盘绕
紧勒，勒紧
分叉信子散发着
攻击的气息

我握紧梳子
翻遍所有发根的灌木
及慈祥的沟壑
却找不到
那妖孽该死的七寸

## 蓄水池

从此,一条河流
有了归宿

不再远行
一路颠沛流离
在狭长的河床拥挤
去朝圣海洋

没有什么必然
关于未来,和生活
目标不总在前方
天空在出生的土地上
起居、耕作

一条河流
做出了选择
把湍急还给鲑鱼

在蓄水池孕育

顺产


等待一窝苔藓

呱呱坠地

它们的父亲，叫安定

## 夜 雨

一朵乌云
就此打开潘多拉的盒子

风的冲锋号里
暮色,骑着雨滴
径直呼啸而下
铺天盖地

对于黑暗侵袭
那把簌簌低泣的伞
和赶路的我一样恐慌

## 斑马线的鱼

和失去自由一样
这条道路
已干涸得太久

在人行横道蛰伏
昼夜不动
以仰望的姿势
等待一条河流来访

舒展醒来的伞
总会看见
伪装成鱼的斑马线
在没足水底，欢快畅泳

## 棋　局

长眉低垂的仙人
面目微红
手持黑白天地
捻须落子

这温柔沙滩
像我多情的眼眸
在夜晚的墨汁
混沌海天一线的湛蓝前
他还想留住闪耀斜阳

俯身于迷局
像穿越于时空
飞翔海鸟
是停不下的陀螺

手握离盘的石子

在波浪吆喝中

凡世的我低头思索

不敢定棋

印面：君子之右
作者：子秋

## 在候机楼

在候机楼
被火烧伤的一名旅客
烫伤很多人的目光
他们都在避让
害怕这燎起的火势
会迎面袭来

他坐下,压低帽檐
在透过玻璃的阳光下
他的衣冠完好
尊严完好
道德也完好

我看了他三眼
心惊一次,肉跳一次
内心惭愧了一次

在候机楼

很多人和我一样

才是残缺者

## 过烈士墓

那些土丘
在河的对岸山坡上
埋伏了很久
从我小时候开始
就准备打一场伏击战

身躯纹丝不动
头上编织的草藤
绿了枯,败了又开
牢牢长进肉里
在时光间盘根交错

那么多年
他们握枪的姿势不变

次次路过
我都不敢直视
像个逃兵

## 洗　澡

你把自己放进水里
像一条
被放生的鱼

你划动臂鳍
用鳃呼吸
尝试远离光怪陆离的土地

思想越潜越深
溺亡了吗
那个附体的人类！

## 落　日

弯弓射日的
除了后羿
还有山里的人们

傍晚的村口
家家户户挽弓向天
炊烟
是出弦的利箭

## 我知道

我知道,你在嘴角搭了个窝
从十九岁开始
等一个名字筑巢

我知道,你用十秒征服一百米
用一年走完一万八千公里
去找寻一个隐匿的人

我知道,你反反复复
用三十五年才决定
在哪只耳穴放生
三个折翼又惶恐的字眼

## 一粒记忆饱满的米粒

你爱阳光的温暖
爱婉约小溪缠绵锦书
和系在田埂上,刚刚响起
就已隐匿的蛙鸣声

你爱唤醒阳光的清脆牛梆
爱那杆吧嗒吧嗒说不停
有很多故事的烟枪
和那只怀孕田鼠漫步的优雅

你爱扶犁的中年男子
爱他挥镰锄的汗滴
你也爱挑着扁担脚步匆匆
送饭的妇女
爱她眼里的笑和疼惜

一粒记忆饱满的米粒

在锅的洞房
等着被揭开的头盖
想起忘却了多年的壳

他是否还披着金黄的勇敢
守护在那个秋天
头上有风
有云

## 阿土的媳妇

一直忙碌
到云彩咬出了血
将米饭圈养,柴火上喂得白胖
把炊烟的羊群赶回炉灶

用一盏黝黑的松油灯做火引
你把黑色烧成灰烬
然后点一袋烟,紧接着
嗑碎日头

在决堤胸口
孩子脸上的两条泪痕
有你按不住的黄河起伏
孩子的屁股上
你狠狠给了自己一巴掌

犁在田坎上开出花瓣

花蕾是大脚
你许下很多心愿
滋养禾苗，饱满着每个秋天
也是秋天，种下阿土

拽住掌心半辈子的柴刀
木讷，闷声
硬生生把青春劈成了两半
一半给了命运
另一半给了坚强

## 一根银针的使命

一根银针
停下了步伐

走过很多的地方
依旧锋芒毕露
跟解放时
手里那杆锃亮步枪一样
黑暗也无法遮阻光芒出膛

那么多年来
步伐铿锵有力
用摸过敌方沟壑的速度
穿越一件灰衬衫
一件黑裤子
和一双泛白解放鞋

在天晴时行走

天阴时行走

白昼行走，夜间行走

用急行军的速度

九十七载从未停歇

不变的黑线、灰线和白线条

是朴素的忠诚

稍息，立正

一根银针

完成所有使命

敬下最后一个军礼

在爷爷手中停下了步伐

印面：花萼春晖
作者：子秋

## 纹 身

一朵玫瑰
别身上
像揣着的把匕首
闪着寒光

一朵玫瑰
不带绿叶和土壤
也不带芬芳
自带春晓

一朵玫瑰
走过一条巷口
不献给爱情
刺，长在眉眸间

## 纸质书

长在纸上的每个文字
都会成长
松土施肥的是
来自指尖的温度

不同于屏后的墨色
拒绝风雨
也不问春夏
带着触不可及的高冷

每个纸上的文字
从诞生初始
便带着自己的芬芳
落落大方

纸上的文字也老去
身躯佝偻，脚步踉跄

像土地上的我们
经历生老病死

在个阴雨的午后
我去图书馆看望一本久违的期刊
去搀掺扶一段老迈的文字

用我儿子搀扶着我一样的态度
恭敬
且小心

## 一杯温茶

你不会再拨亮风灯
在鸡鸣前动身
去迎晨露
去登高迎风

你不会再跋山涉水
去看一个人
赶一场黑白电影
奔赴一次狂欢

你将愚钝而内敛
不察言观色
不向陌生人点头哈腰
不去取悦生活

你自然醒来
坐进前庭藤椅

看阳光从云层里破土
看刚烈的夕阳老垂

一杯温茶
是你所有的遗言

印面:怡然自得
作者:子秋

## 我　懂

当所有行囊
都已就绪
干净衣裳上
流连着家的清香
你的不舍
我懂

当红米花生
都已去泥除壳
圆润饱满果实中
满怀着慈祥
你的不舍
我懂

当我的碗里
已盛满鱼和肉
你筷子还不曾放下

等着继续添加
你的不舍
我懂

当你往车里
塞满香蕉苹果
牵挂的温度
暖了此去经年
你的不舍
我懂

我懂的
当你的手掌
轻拍我衣裳时的
那一份疼惜
无声而沉甸

我懂的
当我的疼惜
划过你雪白发丝
你轻描淡写的
那一个微笑
胜过万语

是的,母亲

你所有的爱啊
我懂！

## 童 画

世界在你的手中
很轻很薄
只有一张纸的厚度
洒一点色彩
你就种出了春秋冬夏

我看见
绿色的房子
有着生命
在春天里茁壮
胖乎乎的大飞机
空中进行有氧运动
正大口呼吸

那可爱的汽车
穿着粉红色的衣裙
在路上踮着脚尖舞蹈

苹果树上开满了
和你一样那么羞涩
胖嘟嘟的小脸

你用一支水彩笔
今晚红了月亮冷峻的脸
也平了世界的纷争

# 老　人

你佝偻着腰
月亮也弯得难受
影子在蹒跚脚步下
被匆匆埋进一洼积水

一辆老爷车开过
扬起尘土
淹没你的腰、后背、胸口
你背着泥土
在夜间里行走
用一种熟睡的姿势

有光覆盖身上
你眯起眼睛，听见
一撮杂草在头颅破土
窸窸窣窣
像极你六十年前

那次的变声

一根拐杖
不足以支撑所有信仰
昨天、今天和明天
沉默是所有语言
最终的句号

十七岁开始你就想
在八十岁那年
谁会巍巍颤颤地
声声唤一个
耄耋老人自己都忘却的
名字

## 枫　叶

把鬓角上最美的花
赋予秋

一如前生
策马远征前
送他发髻的玉簪
许尽一世芳华

此后几度轮回
纵然春殷夏暖
独为他
一次次披上红色的
凤冠霞帔

## 将树叶和爱情对换

他们说
这座城市没有冬天
鲜花将开满生活
爱情不会零落
忧伤街道

可为什么
那么多的树叶
从一个红本子的树上
如此轻易地
就凋谢了

我想燎一把篝火
温暖日子
还有分合匆匆的人们
最后却不知道
是红了树叶
还是烧着了爱情

## 老人与梦

在这样一个湿冷的夜
你轻叩沉睡的柴扉
没有进来

一把记忆的钥匙掖檐下
你在往事中步入
又悄然离开

此刻你来
我没有起身相迎
耄耋的腿长在藤杖上
已经生了根

这样一个湿冷的夜
那些心跳
循着脚步而至
可梦中的青年早已离开

## 我只是想

我只是想，和你一起生活
就在一个小村落
看雄鸡诞下带着体温的朝阳
听山风衔来若隐若现的牛梆

那婀娜多姿的炊烟
定是好看过霓虹的舞步
在牧童的歌声里
有不会假装斯文的夜晚
豪迈的大口吃掉整只白昼

收养一张乖巧的小板凳
一起在太阳底下取暖
虚度掉与其献给忙碌的光阴
接受爱上我们的土地
殷勤送上的各种好看花朵
然后是果实

征得一盏煤油灯同意
我们共进晚餐，与他告别
完成对二百八十个季节的接生
把自己种下土壤的我们
顺着河流发芽

## 星光,是闪烁花朵

星光,是闪烁花朵
高于峡谷对面的冰川
远离火的温度
没有睡在宿命土地之上

我在深夜里行走
四十六亿年的古老地球
没有一条道路
能够通往采摘方向

就种在天上吧
开满你宁谧光芒
用孤芳自赏的一种妒忌
拒绝捧在断掌的手心
佐证爱情

## 我不是多情

你给我一张名片
我看见一棵坦诚的树
叫不出名字

上面女性的文字
穿着殷红裙子
在阳光下楚楚动人
期待着邂逅

我不是多情
我只是想她转变前
枝桠的疼
和遗孀的根在分别那刻
哽咽到语言打结

## 梦醒时分

你在午夜空荡的巷子奔走
像开闸后惊慌的河流
胡言乱语

穿过聚众的黑暗
那里有数不清的眼睛
污湿蜷缩在角落里

一只寻找食物的猎猫
弓着背在垃圾桶后
举起爪子
伸向我患上占有欲的梦里
抗拒圆房的床

## 相　遇

你举起杯
说喝酒
我一干而尽
第二次你又举杯
我领旨又一饮而尽
第三次我没有接你的目光

里面酿了多少烈酒
我不是怕醉，只是我不相信
被诅咒的溺亡
可以划上凄美句号

## 蓄谋已久的时光

我们的爱
会住着眼角的鱼尾
找到土壤,然后沉寂

所有路过的雪山
会殡进一根白发里
比十五的月色更显明亮

这蓄谋已久的时光
让一粒枯萎种子的发芽
在冬天里也兴奋异常

## 今 夜

动身吧
去追逐那一抹光
在黑暗笼罩前
垂死挣扎

抗拒,抗拒
是月光粉饰的皎洁
为蹒跚步履立碑
苍白了灵魂

不要入睡
黑白分明的瞳孔
怎能这般心甘情愿
向今夜卑躬屈膝

动身吧
在冷漠撑上之前

垂死挣扎

怒斥萤火

怒斥所有灯光

## 红　枫

红了脸颊
只为一个晚上
却用半生去妆容

一切就为等
遇见最好的自己
娇颜粉黛

一千个秋天
一千次挣脱现世
你纵身一跃
舞姿轻盈

谁人知你
一千次的轮回
平静安详

前世守望的旅者

路过请凝视

低下头，低下头来

紧拥入怀

## 选 择

秋天来了
不是沉默理由
黄色都可以爱上
许配给绿色的杏叶

种子为什么
要在春天抽枝
花开就非得一定
会在盛夏

要么茁壮
要么便不再破土
不需要妥协
含混是个煎熬

选择吧
给盆土壤

就此呵护它在
你的岁月里成长
或者,简单地
丢出你的时光

## 山谷回音

你要是敢启唇
说出那句话
那句让蔷薇沉默
让星空不语的语言

我不会害怕
海洋会替代露珠
跳到花蕾之上
也不会去顾及
海蟹举起整个南沙岛
游上陆地

那句话
我挂在嘴边很久
等待反哺
是的,只要你敢启唇
说出那句话

我不只是在聆听
我也会说出的
说我爱你

## 感　冒

文字真的无用
穿不上铠甲
也上不了杀场
他们只会阿谀奉承
讨好眼睛

是的，他们无法拯救
拥抱着他们多年
那双瘦长手指的主人
在此刻
就要沉沉睡去

这些英明神武的笔
端着锋利长矛
驱邪避敌
来去却只能羞辱
苍白的纸张

如此简单
预谋整年的一场寒流
成功伏击暖阳
没有硝烟
也不见嘶喊

我拉栓上膛
在丢掉意识的高地前
妄图用一粒猛药
把感冒
及文人骨子的懦弱
一同处决

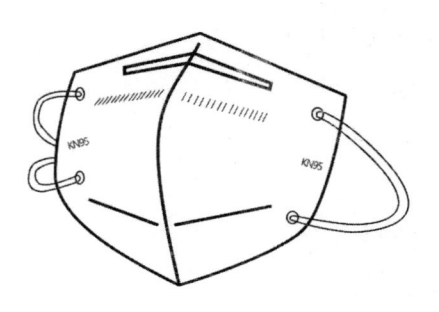

## 读妹喜

翻开第一页
你就爱上了她
那些文字
在漫长古老时光里
闪耀着光芒

柔美姿影与神采
深幽流淌
你在她前世醒来
她在你今生睡去
相遇在指尖零落

从现在到未来
注定会长出牵绊
寄期望于一声雷鸣
扭曲平行的空间
碰触　凝固

问吧，问那个
拄杖老妇
错位的爱情书签
是如何穿过了四季
在沉沉浮浮中
潜入最后的尾页

## 游 戏

从现在开始
击鼓传花

她爱上我
我爱上她
她爱上他

我拒绝她
她拒绝他
他拒绝她

时间到
声戛停
看落谁手
出局　成家

## 烟　花

这又何必！

有些爱
明知无法被感动
无法终成眷属！

这片痴情土地
依旧用烟火告白
一次次等待
被深爱黑色的夜空
以沉默的方式
拒绝

## 童　趣

这是你的舞台
一对羊角辫
挂着风
指挥着音符跃动

柔软枣红色
是你名字
没有阳光的清晨
从枯黄草丛中
悄然破冬

如起舞的蝶
都市喧哗网兜
捕捉不住
你轻盈的小碎步

我送上微笑

你报我一池清眸
我想开腔
又怕惊扰你
眉间上挑的飞扬

时光呵
你慢些、再慢些
不要行色匆匆
等一等我

等我破茧重生
穿过挥霍的记忆
手持风车
重回童年时光

## 空花盆

吃那么多
你兴许
只是因为饿了

嚼了几朵花
又吃了个仙人球
还有女生最喜欢的
那株多肉植物

在死寂的夜里
四周漆黑
干瘪的泥土
是仅有的残羹冷炙

办公桌上
你辗转难眠
此刻除了饥肠辘辘

思想也空空

吃那么多
你兴许
只是因为寂寞

## 棋子湾

这个冬天
无须笔墨温暖
晴朗开满
天空干净的纸张

长在土地上的阳光
与初生口哨
在昌化的波涛里
亲密无间

贝壳是最美文字
为港湾的女子
写下了一封又一封
柔软情书

在沙子的叶瓣之上
脚趾开成蓓蕾

献给朝觐光明的
虔诚身影

早起逐浪的孩子看见
谁人在昨夜奔跑
碰翻牛奶
撒了一片海滩

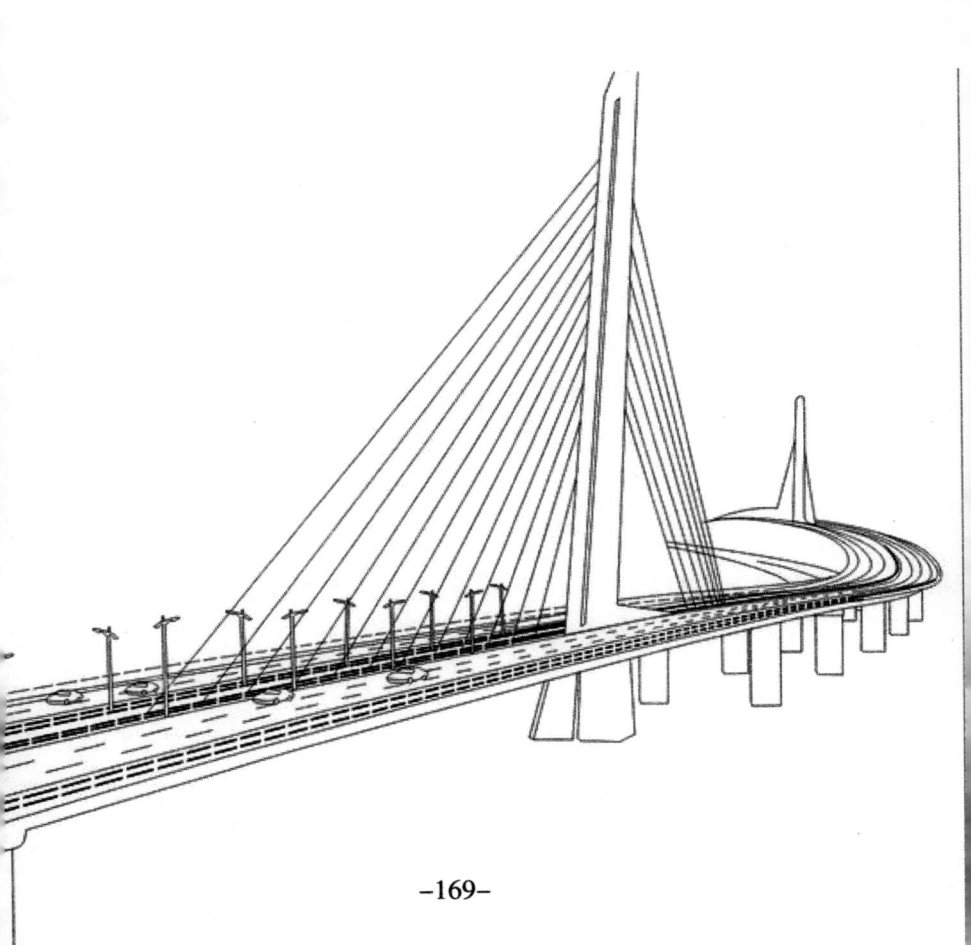

# 河

现在以瘦为美吗
那条河
腰肢这样纤细
可以看到骨感的河床

她从这城市的街尾
浅浅走过
没有捣衣声
也没有油雨伞

我在桥上
阅读每一滴水珠
却找不出那朵温暖的
春天来的浪花

我也尝试抛下
文字饵料

在一月收竿
仍钓不起成句的诗歌

那些鱼儿也瘦了吗
水里洗澡的路灯
欲言又止
沉默着直到看我离开

## 我 会

如果有更多的青春
我会和孩子们
从春天开始
一直追逐到秋天结束
攥着果实进入冬季

我会坐上缓慢的牛车
枕着梆声旅行
我会推开阁楼和星光对话
让更多人看见
快乐在向他们招手

那些没有去过的地方
可以重新抉择
赤着细嫩的脚丫
我将迎接更多的风雨
即使不会出现七色彩虹

在充满憧憬时不只呆坐村口
看路过的人捎来风景
我会揣上仅有的五角钱
勇敢带上眼睛的清澈
奔往更远的地方

我会爬上高山
在寒风中放肆地笑出泪
和衣裳共同哆嗦
我会脱下鞋子一屁股坐到地上
和乞讨者大谈小道消息
然后一起蓬头垢面

我会少些假设
然后丢掉多余的谨慎
改造每一个重复的日子
不怕食不果腹
知足而愚钝地活着

我会给自己更多的勇气
犯更多的错误
在日出时不用匆忙赶路
晚霞时不担心明天的生活
我会大方去邀约暗恋的女生

遇见那些想见或不愿见的人
我可以从容地握手及道别
不会刻意去逃避
我会给享尽了荣华富贵
最后潦倒而终的外公一个拥抱

是的，我会
如果还有更多的时间
我会和我的孩子们从这刻开始
向往每一缕自由的风
一直到老态龙钟
带着微笑藏入黄土
和岁月玩起躲猫猫的游戏

## 还有什么抱怨

还有什么好抱怨
秋阳还那样地温暖
我们还能醒来
伸伸懒腰
惺松地看窗外落叶纷飞

还有什么值得抱怨
呼吸如此舒畅
脚步也自由自在
想走便前行
想停就慢下来
去自己想到的每个地方

还有什么应该抱怨
与父母的每句问候
都可以抹去
生活中所有不如意的阴霾

累了在公园长椅休息
开心就与鹊鸟对话

还有什么需要抱怨
黑夜给了我们星光
白昼赐予了我们色彩
泪滴教会我们珍惜
欢笑定格每个
幸福盛放的瞬间

是的,还有什么
是我们应该抱怨
人生稍纵即逝
时光是如此的短暂
将坎坷付诸浅浅一笑
在活着的每天
感恩我们拥有着的今天

# 坏掉的水龙头

没有人留意
一个悲伤的水龙头
像迷路的孩子
在墙角低声呜咽

谁都有谁的生活
黑暗忙着将碗里的
最后一点光明扒进嘴
汽车提着灯笼
脚步匆匆

老旧骑楼上
一个男人探出头
吧嗒吧嗒吸食两口烟
在女人呼喊声中
关上百合窗的眼睛

一个苍老铁桶
对着水龙头只是叹息
直到想起曾经年少
才潸然泪下

## 回 家

你回了又去
辗转往返
脚步没有停留
心却一直未离开

你给自己
画下一个圆的梦
弧线外的世界
永远都是行色匆匆

在喧嚣都市
都仰视你飞翔的高度
不见你的魂魄
夜归故乡

请不要叫我旅者
都市柏油路上
我是流离失所多年

找不到土壤的
一粒种子
洗相片

在光明之前
你走过一片漆黑
无法动弹

你能感觉到
钥匙进入锁眼
有人进到你的房间

你想起身
自己却不在床上
一双手
是你唯一触感

你听见
重生之前
门被轻轻地打开
风正进来

于是你动了动嘴角
笑成一种
灿烂的色彩

# 分　割


你躲在
一堵墙后
天空被分两半

能拉进距离的
只有噪音
我能听见你嘶吼

一台掘土机
让我们距离平等
仅差一米

我看见了你
你也看见了我
目光相互击掌

那又如何

这片昂贵的土地
已彻底分割了
我们的世界
天堂

我该如何描述
这片土地

洁白的哈达
挂满山峰
唐古拉山脉上
阳光踮着脚尖起舞

我该怎样描绘
这片土地

岗巴羊闲庭信步
堆垛的青稞
是秋天最好的嫁妆
那秋叶
是杨树待嫁的姑娘

我该如何铭刻
这片土地

羊卓雍措的妩媚
湛蓝了瞳孔颜色
笔直道路上
雪花在帽檐放歌

我该如何诠释
这份心情

日喀则的莫拉
笑容可掬
冈仁波齐就在前方
等我揭开
羞涩的面纱

印面：始看文章如化工
作者：子秋

## 旅　行

不要犹豫
带上脚步旅行
日喀则月光明亮
这是最美时光

风霜早拂去疲惫
寒意怎能阻挡
清浅的笑意
在温柔的旅程绽放

扎什伦布寺下
我静心憩目
看烦恼在柔风里
烟消云散

不要迟疑
带上脚步旅行
乃钦康桑下

五彩经幡自由自在
这是最悠然时光

不去想青春
遗失哪个角落
未来是怎样一种生活
就这样恬静
走向前方

不停留
也没什么需要回眸
那些片段故事
种在路过的足迹里
开满着手掌

不要彷徨
带上脚步旅行
在追逐萨嘎的路上
看青稞老去
这是最幸福的时光

不惊扰现实
挽一丝柔软云雾
阖上世界眼睛
用脚步跟昂仁道声晚安

## 玛 瑙

不是所有奉承的人
都是知己

拥你入怀的砂石不是
捧你在手心的溪流不是
温暖你的阳光不是
将你精雕细琢的机床
也不是

并非每次刻骨铭心
都会被珍惜

你呀你
每一次倾心的真命天子
都只是大众情人

## 再见西藏

五点整
登山包开始说话
声音嘶哑

我没有安慰
紧抓泥土
沉默的登山杖

目送的街灯
是这城市朋友
车前车后与我道别

远处的雪山
轻叹口气
不舍的心就冷了

说再见

半壶笙香

没有讲出口的
是手腕上那串
布达拉宫的桃木镯

## 醉　汉

这是场战争
你已惨败
无论精神还是肉体

这一刻
你缴械投降
成为酒精的俘虏

最先丢盔弃甲的
是你呕吐的胃
卑躬屈膝

你不会明白
街上的人
都是执行抢劫的人

一个个

用厌恶瞄准了
踉踉跄跄
酩酊大醉的你

## 日光浴

很多人
都愿意倒在
沙滩温柔的怀里
像大海渴望衣裳出轨

一个胖子
深得鸵鸟真传
将自己半截入土
炫富地亮出肥臀上
胎记的二维码
供游人用眼神扫描

# 酒

你说
未来是瓶烈酒
不会喝酒前
总是太呛

年轻时
多少人端起
一饮而尽
将自己的青春辣得
泪流满面

有天终觉甘甜醇香
却发现不知何时
酒瓶空了
人静了

还来不及回味

好好的人生
就被岁月的酒保
仓促地收起了
明天的杯

印面：汇兰有斐
作者：子秋

## 汽　水

你说你
空有一腔的抱负
却没遇上伯乐

可骄傲如你
为此努力过什么

除花哨外表
你示人的
只有抱怨的气泡

## 走在路上

走在路上
我小心翼翼
仔细观望
那对面的来者
可有滴血的匕首
握在手上

走在路上
我蹑手蹑足
不敢高声呼吸
生怕惊动
那些瞌睡的邪恶
会突然跳出
将我的生命捕获

走在路上
我开始担心

那些明亮光线下
看不见的阴影
空荡的道路
远比人流更让人安心

走在路上
我神经兮兮
左右打量
来往的行人
他们看我也一样
眼神揣着锋利的刀子

# 雨 天

簌簌落下的
不是这片车窗
眼睛将凝重
绘满玻璃

那些灌木
湿了吗，重了吗
清了吗，净了吗

我伸出手
和迷茫的道路一样
不知向谁挥别

没有着落
我把自己挂在窗口
像阴天里晾晒着
渴望迎向阳光的衣裳

## 文 身
——给文身学生

这是誓言
还是惩罚
当一个名字
深深根植臂膀
讥讽从此与你
如影随形

那句海誓山盟
海未枯已散
那个生死相依的人
未亡已淡

当时间用烙印
将手臂屈打成招
幸灾乐祸的
一定是牵手的爱情
和那些不会说话的泪滴

你把一个耻辱
用疤痕打包当礼物
送给未来的爱人
像用一枚上膛的子弹
瞄准自己
扭曲的皮肤深处

一个魅影
等待着某天扣动扳机

## 生 活

那不是我要的生活
一部电脑
一张办公桌

嘲笑阳光的人
不会知道
向日葵守候的信仰

劈柴生火
把生活烧开
幸福和煎饼一样温暖

这个时候
风筝都在高飞
你却选择在室内蹉跎

## 开往三清山的列车

是谁愤怒的鼻子
用强烈的语言
训斥耳膜
走道上的灯光
哐当声中昏昏欲睡

窗外很黑
闪过的房子像个孩子
安静地熟睡

曙光还未翻身
这叫鹰潭的城市
是否一样驱逐了星光

唤醒哈欠
温暖冻僵的小板凳
在列车晃荡里

开始想念陪伴的摇篮

这样的时刻
它会不会
在故乡的某个角落熟睡
然后也呼噜震天

## 寒 梅

当所有的花
都睡去
我开满了枝头
用一抹嫣红
向你招手

凌冽风霜
冰冷了脸庞
雾起时
我可能辨不出
你归来时的方向

但我不慌,我不慌
雪花皑了土壤
却褪不去我的红妆
枝桠上
我依旧云鬓峨峨

当所有色彩
都睡在温暖的梦里
我在深冬不说一个字
亭亭绽放

一整个冬天
我安静等待捕鱼归来的你
暖了渡口
红了波浪

## 倒 影

我就在你的心里
如此清晰
夜再深沉
也无法淡去

我知道
皓月是白玫瑰
华灯初上
你献上最柔情思念

我假装不见
亭亭玉立
可泛起的涟漪
是风的耳语

它可否曾说出
我光彩夺目
为你妆容的秘密

## 待你长发及腰

你说
待你长发及腰
你便嫁我
牵我手依偎到老

可待你长发飘飘
再度相视微笑
亲爱的，我已苍老
原谅我干枯双手
不能轻划你发梢

有些故事
早写好剧本
我们无法躲避
就像我们无法避免
日夜的交替
但终究会在最后一章
黯然错过句号

有的人
只如昙花一现
在夜里相遇
然后拂晓时分
匆匆别离
无论如何痛哭流涕
不管自认为有多重要

有些爱
不是相遇太晚
而且遇见得太早
隔着一世姻缘
今生注定
无法深情拥抱
不能与子偕老

待你长发及腰
在你遗忘的时光
我，会看着你幸福
想来生我们风华正茂

来生
在最美时刻
你，嫁我可好！

## 皋月黄山

步云殿，雾霭重；
遍寻未闻云笙起，
光明不见金銮宫。
登天阶，会奇松；
横侧高低是傲骨，
昂首不骜皆相同。
莅高处，心为峰；
万丈豪气始于胸，
百谷千岭莫不从。
知天命，亦疏狂；
气吞山川揽日月，
万丈辉霞纳袖中。

# 后 记

在 2015 年正式出版了三部曲后，对于是否要继续正式出版第四本书，我一直在犹豫；因为我一直是写写停停，并且停多写少，有时甚至只在报社约稿的前提下才去提笔。

就在这样的状态下，恍惚之间 5 年过去了。我一直觉得这 5 年自己在懵懂中渡过，好像只是打了个盹，再定睛一看已是 2020 年。

让我最终下定决心出版第四本书的，是源于庚子年的这次疫情。这场突如其来的疫情爆发，改变了无数人的生活轨迹，很多人一个转身便是永别。人生没有永远，来日并不方长，所以我觉得一定要活在当下，只有这样不惑之年的自己才能无憾。

为了给这本书取个合适的名字，我想了个把月，最终才敲定"半壶笙香"这四个字。至于为什么用这四个字，我觉得用一句话就足以概括，那便是：

满壶不响，半壶叮当；

叮当半生，半曲笙香。